Presque tout Corneille

DU MÊME AUTEUR CHEZ STOCK

Dis-moi pourquoi, *2016*
Tout le pouvoir aux soviets, *2018*

Patrick Besson

Presque tout Corneille

thriller

Stock

Photographie de couverture : © Étienne Girardet

ISBN 978-2-234-09790-2

À la mémoire de Frédéric Fajardie
(1947-2008)

« Que de pensers divers ! Que de soucis flottants ! »
Corneille, *Héraclius*, IV, 3 (1647)

« Tant de romans policiers, si peu de meurtres »
P. B., *Pense-bête* suivi de *Sorties* (2016)

I

Je ne l'ai pas reconnu. Quand il a souri, j'ai compris qui il était : mon ennemi aux lèvres pulpeuses de putain mal refaite. Dans ses yeux, la même méchanceté qu'on y trouvait naguère, quand il avait encore le choix entre le Bien et le Mal.

– J'attends ma femme et mes enfants, dit-il en regardant ma femme et ce qu'il croyait être mes enfants.

Je ne lui avais rien demandé, pas même une augmentation. Une augmentation de sentiments. Pourquoi lui ai-je souhaité bon courage, ignorant encore à quel point il en aurait besoin la nuit où on lui couperait la tête ?

*

D'abord, il y a ma femme. Mon épouse, comme elle dit. Dans époux, il y a poux. Je la gratte. Son père dans la confection l'a appelée Colomba par culture littéraire. Elle a une quinzaine d'années de moins que moi mais une plus grande connaissance de la vie et de la mort dans l'île. Elle s'habille en noir, bien qu'elle ne soit pas veuve. De moi, en tout cas. Son précédent mari, c'était un accident. De piéton : renversé par un cycliste et tombé sur la tête dans la rue de Lille (Paris VIIe). Il enseignait le bulgare à l'INALCO. Qui veut parler le bulgare ? Ils ont eu deux fils : Jean-René onze ans et Gaston sept ans. Je leur ai tout appris, c'est-à-dire à nager. J'écris ceci dans une cellule de prison. Garde à vue, qu'ils ont dit. Jamais su faire la différence entre un juge et un procureur. Ce que je sais, c'est que je suis innocent, comme tout le monde.

*

Se jeter dans la piscine : l'obsession de tout nouvel arrivant dans un hôtel avec piscine. Tant qu'on n'est pas mouillé, on se sent coupable. Colomba se sacrifie, c'est le versant de sa vie qu'elle préfère. Va s'occuper, dans les chambres communicantes 221 et 222, de vider nos sacs et valises. À mes deux beaux-fils, j'aurais préféré deux filles jolies. De moi, si possible. Avec les garçons, une chambre devient vite une chambrée.

*

Cette première journée de vacances : porte ouverte sur l'enfer. Les garçons jouent plus qu'ils ne nagent. L'abondance des corps féminins couchés autour du grand bain. Je me fais apporter un gin tonic pour me tonifier. Colomba reste à mon goût trop longtemps absente. Je monte voir ce qui ne passe pas. La trouve assise sur notre lit, la clim poussée à fond. Valises et sacs pas ouverts.

– Tu as vu comment il t'a regardé ?
– Qui ?
– Ton ancien boss.
– Comment m'a-t-il regardé ?
– Comme sa victime.
– C'est lui qui m'a viré et non l'inverse.

Comment me regarde-t-elle, elle ? J'ai parfois l'impression qu'elle ne peut pas me voir. Qu'elle regrette. Regrette tout. Toute notre vie. Sauf mon actuel emprisonnement.

*

Le joli carré de notre table de la salle à manger. Ma femme est belle et mes fils sont beaux-fils. Lui moche et dîne seul. Au coin, comme un mauvais élève mauvais camarade. Je bois un vin de l'île, lui de l'eau dans une carafe. Sa femme et ses enfants ne sont pas encore arrivés. Il se lève. Avec l'eau du robinet, les repas ne durent guère. Surtout quand on est seul. Au moins, avec le vin, on est deux : soi-même et la bouteille. En passant devant nous, il nous souhaite bon appétit. J'ai appris en garde à vue, avec un conseiller général des Hauts-de-France qui a tué et découpé sa femme par amour, que c'est mal élevé, de souhaiter bon appétit.

*

Les garçons contents d'avoir leur chambre : ont tout de suite fermé la porte communicante. Colomba est nue. Je comprends qu'elle ne fait pas l'amour avec moi mais contre lui qui n'a pas de femme avec qui faire l'amour contre moi. Ses seins de jeune fille, comme si un sculpteur de génie venait de les lui fabriquer avec de la chair humaine volée. La vocation des épaules nues à retenir les baisers. Nous avons un petit balcon étudié pour qu'on ne puisse pas s'y asseoir, juste rester debout pour fumer, regarder les étoiles et s'embrasser sur les yeux.

– Je me demande dans quelle chambre il loge, dit Colomba.

– La 404.

– Comment le sais-tu ?

– J'ai demandé à la réception.

– Sous quel prétexte ?

– Aucun.

– Tu comptes lui rendre visite ?

– Oui. Cette nuit. Pour lui couper la tête.

*

– Mon père avait une 404 quand nous habitions Aix-en-Provence, dit Colomba, indifférente.

*

Les excursions : quitter l'île pour en voir une autre. Les téléphones confisqués par leur mère, les garçons font la tête. On mange de mauvais sandwiches, puis cap sur l'hôtel Aiglon. Conclusion de Colomba, tandis que ses fils se précipitaient dans leur chambre pour retrouver leurs jouets électroniques :

– On fait une croix sur les excursions.

*

Piscine à la fin du jour. Les transats se libèrent les uns après les autres. Il est encore ici, rouge comme un feu rouge. Ou du vin rouge. Il dit que ça bronzera pendant la nuit. C'est sa pratique du coup de soleil, qui date de son adolescence. Tout date de l'adolescence. Il plonge, je le rejoins dans l'eau. Il propose une course : cinq longueurs. Veut-il se venger sur moi de l'absence de sa femme et de ses enfants ? Il ignore que, depuis mon mariage avec Colomba, je nage trois fois par semaine à la piscine Saint-Germain, 12 rue de Lobineau. J'ai déjà terminé ma cinquième longueur quand il est encore au milieu de la quatrième. Il s'essouffle en vain car il n'y a plus personne pour le regarder à part moi, mais moi je sais que c'est une merde.

*

– Votre femme et vos enfants ne sont pas encore arrivés ? demande Colomba.

Sa minirobe de soirée en lamé argent dans laquelle jambes, seins, épaules se déploient avec rage. Comme si elle lui tapait dessus avec sa beauté. Il baisse la tête, tel un boxeur sur le point de se coucher pour mourir.

– Ils sont retenus à Paris.

– Quel dommage !

Colomba ne lui propose pourtant pas de dîner avec nous. A son plan, elle aussi.

– Un peu de solitude ne fait pas de mal, dit-il.

– À condition de ne pas en abuser, souligne mon épouse avec cette doucereuse perfidie qu'on trouve souvent chez les femmes blessées dans leur narcissisme ou leur argent.

*

Dans les transats, l'unique femme dont les lunettes ne sont pas noires. On voit donc ses yeux bleus mais il faut s'approcher. Elle lit un livre. Elle a entre seize et trente-quatre ans. Les gens qui lisent n'ont pas d'âge. Accompagnée de ses parents ? De son amant ? De ses enfants ? Peut-être non accompagnée, comme ces gamins et gamines qui prennent le train ou l'avion seuls au début ou à la fin des vacances. Impossible d'aller lui parler : Colomba jalouse comme toutes les femmes ayant épousé un homme plus âgé qu'elles. Moi-même peu entreprenant. C'est lui qui s'y colle. S'accroupit devant elle. Il parle. Elle ne le regarde pas, donc ne l'écoute pas. Il lui offre une cigarette. Moue agressive de non fumeuse tatouée. Il se lève. Il a perdu. Sous mes yeux. Se dirige vers moi pour amortir son coup foireux. Comme excuse :

– Elle lit Corneille.

– Quoi de Corneille ?

– Tout.
Il s'éloigne, occupé à avaler sa honte de travers.

*

Troisième dîner. Nous sommes moins pâles, donc mieux acceptés par les bronzés de l'hôtel. Le fils cadet de Colomba – ce prénom absurde de Gaston, une idée du prof de bulgare – tout en tendresse heureuse devant son plat de spaghettis qui lui rappelle la maison où il en mange tous les jours.

*

Je me suis renseigné à la réception : la belle jeune personne à lunettes s'appelle Lisa. Ce qui l'a encouragée à lire ? Fille unique du directeur de l'hôtel. Aucun homme ni jeune homme ne la rejoindra. Sauf peut-être lui, au milieu de la nuit. N'a-t-il pas perdu son job pour harcèlement sexuel ? Moi, il m'a harcelé sans sexe.

*

Il me propose une partie de tennis sur un des deux courts en dur de l'hôtel. C'est le quatrième jour de nos vacances mais lui attend sa femme et ses enfants depuis, m'a-t-il dit, plus d'une semaine. Le plus âgé de mes beaux-fils grimpe sur la chaise d'arbitre afin de nous arbitrer. Gaston s'est auto-proclamé ramasseur de balles. De mon côté. L'autre ramassera ses balles tout seul. Colomba assiste au match. Ainsi que Lisa, Corneille en Classiques Garnier sur les genoux. Mon épouse a sympathisé avec elle. Elle sympathise vite mais une fois sur deux ça se termine en haine. J'ai donc quatre supporteurs et mon adversaire aucun. J'admire son équipement qui ne lui suffira pas pour échapper à sa punition : 6-2, 6-1. A beaucoup couru derrière mes balles, souvent en vain : allaient plus vite que lui. Il est redevenu rouge au début du second set. Le rouge : sa couleur. Celle du sang et de la honte. De la honte à le faire couler. Mon public s'est vite désintéressé du match. Gaston a cessé de ramasser les balles pour faire une sieste sur les genoux de sa mère. Jean-René n'a plus, au bout de quelques jeux, annoncé les points. Nous regardait-il encore ? Lisa lisait.

*

Il ne paraît pas au dîner. Lassitude de nous montrer sa solitude ?

– Et ça te suffit ? demande mon épouse.

Sa robe blanche lui colle au corps. Son cou et son dos d'éternité brune. Je ne me lasse pas de les manger des yeux qui ont faim.

– De l'avoir battu à la natation et au tennis te suffit ?

– Je dois le défier à la belote ?

– Pourquoi pas aux échecs ?

– Il ne sait peut-être pas jouer.

– Pose-lui la question.

– Demain.

– Promis ?

– C'est important pour toi ?

Le oui ira de soi, alors elle ne le dit pas.

*

Absent au petit-déjeuner. Ainsi qu'à la piscine. Sur les courts de tennis nous ont remplacés divers fins Anglais, graves Allemands, profonds Italiens.

– Tu devrais aller le voir dans sa chambre, me conseille Colomba.

– Et s'il s'est pendu ?

– Ce n'est pas le genre à se pendre.

– Tu vois bien qu'il est déprimé. Sa femme et ses enfants ne sont pas là. Il a perdu son boulot.

– Toi aussi, tu avais perdu ton boulot. Tu ne t'es pas pendu.

– Parce que tu étais là.

– Tu as raison. J'étais là pour toi, mais son épouse n'est pas là pour lui.

– Existe-t-elle, au moins ?

Lisa prend place sur un transat voisin du nôtre. J'ai longtemps pensé qu'on devrait disposer d'une seconde vie pour avoir le temps de comprendre l'intrigue de *Clitandre* (1632).

*

Était allé, dès l'aube, en ville, à la suite d'une insomnie. Comment les gens souffrent-ils encore d'insomnies alors qu'il y a tant de somnifères ?

On l'aperçoit en fin d'après-midi. Il fait quelques longueurs, puis nous rejoint, Lisa et moi. Colomba partie à la plage avec ses deux fils.

– Toujours Corneille ?

La jeune fille lève les yeux de *La Place Royale* (1637). Elle n'a pas de repartie, à l'instar de Corneille. Mais ne bégaie pas. Rebaisse les yeux en silence.

– Vous nagez de temps en temps ? insiste mon ennemi.

– Jamais, dit-elle.

– C'est rare, pour une fille du Sud.

Je lui demande s'il joue aux échecs. Il répond ce que la plupart des gens répondent quand on leur pose cette question :

– Ça fait longtemps que je n'y ai pas joué.

Je demande à Lisa s'il y a un jeu d'échecs dans l'hôtel.

– Dans l'hôtel, dit-elle, il y a tous les jeux pour les jours de pluie mais on s'en sert de moins en moins car il y a de moins en moins de jours de pluie.

*

Les deux choses à ne jamais faire dans un livre : raconter un rêve ou une partie d'échecs.

*

– Tu as gagné ? interroge Colomba.
– Oui.
– Il jouait bien ?
– Plus mal que moi.
– Vous avez fait combien de parties ?
– Quatre blitz.
– Il a perdu les quatre ?
– Oui.
– Je suis heureuse : tu l'as bien humilié.
– Je crois que j'en ai assez de cette comédie.
– Ce n'est pas une comédie.

Elle a raison : ce n'est pas une comédie mais une tragédie. Comme celles de Corneille que Lisa lit. Une pièce par jour. Il y en a trente et une. Ça lui fera le mois. Craint-elle tellement l'existence pour s'enfermer, en été, dans des intrigues improbables écrites par surcroît en alexandrins ?

Nous sommes au lit où les amants font l'amour et les époux, semblant de dormir.

– L'idéal serait que tu aies une aventure avec la petite Lisa, dit mon épouse. Ça l'achèverait.

– Lisa ?

– Non, lui. Tu n'as pas vu comment il la regarde ? Elle ne te plaît pas, à toi ?

– Si, beaucoup.

– Je plaisantais.

La phrase dont j'ai le plus horreur : « Je plaisantais. » La plupart du temps, les gens qui la disent ne plaisantaient pas.

*

Quand il m'a proposé une partie de ping-pong, j'ai refusé : je l'avais assez humilié. Colomba a dit que je la décevais. De son point de vue, je ne devais pas cesser d'humilier cet homme qui m'avait humilié. Avait pourtant déclaré le contraire après les échecs. Cela devenait notre principal sujet de conversation. J'avais beau arguer que mon renvoi du journal m'avait permis d'en trouver un autre avec un salaire supérieur, elle ne changeait pas d'avis. Colomba :

– Ce n'est pas une question d'argent, mais d'honneur.

– Vous et l'honneur.

– Qui, nous ?

– Vous, quoi. De l'île. On se comprend.

– Quand tu m'as épousée, tu savais d'où je venais.

Deux cousins en prison pour meurtre, dont l'un, le plus vieux (quarante-huit ans), était sur le point d'être libéré. Elle ne l'appelait jamais cousin car en argot le mot désigne les informateurs de la police.

– Tu renonces à te venger ?

Elle se leva, indiqua du menton à ses garçons de faire de même. Il apparut à ce moment-là. Il avait une demi-douzaine de journaux sous le bras, quotidiens et hebdos confondus achetés en ville.

– Si ça vous tente, nous proposa-t-il. Je les ai déjà lus. Ça me prend de moins en moins de temps pour lire les journaux. Je me demande si c'est à cause d'eux ou de moi.

– Votre épouse, alors ? fit, intraitable, Colomba.

– Demain après-midi. Vous êtes sûr, Georges, pour le ping-pong ? Mon unique chance de vous battre.

*

L'argent plus fort que l'amour, car sans argent pas d'amour alors que sans amour il y a toujours l'argent : morale cornélienne.

*

Impossible de me rappeler qui m'a appris à jouer au ping-pong. Peut-être personne. Le problème du tennis de table : on passe son temps à ramasser la balle. Qui a tendance, vu son faible poids et la force avec laquelle on tape dedans, à s'envoler loin, voire à se perdre. 21-12. Revanche : 21-17. Vengeance accomplie. J'aurai battu mon ex-directeur de la rédaction dans tous les domaines. Il me resterait, pour combler Colomba, à faire l'amour avec Lisa. Il faut d'abord que je demande son âge à la fille du directeur.

– Quel âge avez-vous, Lisa ?

– L'âge des personnages de Corneille n'est pas indiqué.

– Vous n'êtes pas un personnage de Corneille.

– Quel âge me donnez-vous ?

– Soixante ans, vu vos lectures. Vingt, si j'en crois votre silhouette. Douze, selon votre bouche et vos yeux.

– Je suis majeure, c'est tout ce que je peux dire.

C'est le soir du cinquième jour, celui du drame. Ou plutôt de la tragédie de Corneille. *La Place Royale* (1637), c'est *L'Étranger* quatre siècles plus tôt. Lisa et moi nous nous promenons au bord de la mer. Je ne le vois pas mais je sais qu'il nous regarde. Et qu'il a mal. Obéirai-je une fois de plus à Colomba, dont la soif de vengeance semble inextinguible ? Pour blesser mon ennemi, prête à me pousser dans les bras de la jeune fille qu'il convoite. On peut tout demander à une lectrice de Corneille, elle est l'excentricité même. Ses lèvres s'ouvrent comme une porte qui grince un peu.

*

Est-ce le baiser que Lisa et moi échangeâmes avant de rentrer à l'hôtel qui mit en branle ce train des horreurs qui ne semble pas vouloir s'arrêter ? Est-ce lui qui, par ces voies détournées, m'a conduit en prison ?

*

– Tu l’as embrassée ?

– Oui.

– Il t’a vu le faire ?

– Le faire ? Un baiser se donne ou se perd mais ne se fait pas.

– Il t’a vu, oui ou non ?

– Oui. Je peux aller lui dire que je ne lui en veux plus ?

– Va lui dire ce qu’il te plaît. Je me considère comme vengée et peux t’aimer de nouveau.

– Tu ne m’aimais plus, Colomba ?

– Je ne t’aurais plus aimé si tu ne t’étais pas vengé alors que tu en avais l’occasion.

Je me lève, me rhabille. Je pourrais attendre le lendemain mais je suis pressé de lui annoncer que ma haine envers lui a disparu. C’est donc moi qui ai trouvé son corps. Séparé de la tête.

*

Le jour où votre vie devient un fait divers souillé par des inconnus policiers, journalistes, téléspectateurs, internautes, badauds. Le commissaire Bourbeillon n’est pas Maigret : silhouette mince, pompes de sport bicolores, cigarette électronique. Physique odieusement macronien. Je passe avant tout le monde, en tant que premier témoin. Et principal suspect.

*

– Pourquoi, monsieur Charpy, êtes-vous allé rendre visite à la victime si tard dans la soirée ? Minuit et demi, je crois.

– J'avais une chose à lui dire.

– Ça ne pouvait pas attendre le lendemain ?

– Non. Et pour nous, gens de presse, il n'y a pas d'heure, sauf celle du bouclage.

– Vous êtes journaliste, comme la victime ?

– Oui. On a travaillé dans le même journal. Il était mon supérieur. Il m'a viré il y a six ans.

– Vous vous êtes vengé ?

– Oui : je l'ai battu au ping-pong.

– Ceci est un interrogatoire, monsieur Charpy, pas un sketch de Gad Elmaleh.

– Je l'ai aussi battu aux échecs. Ainsi qu'à la natation. Et au tennis. Je l'ai battu sur tous les domaines.

Je passe Lisa sous silence : gentleman.

– Et vous l'avez tué.

– Non. Un mort oublie les humiliations. Ce n'était pas mon but. Mon but était qu'il ne les oublie pas. Je voulais qu'il se sente humilié par moi jusqu'à la fin de ses jours mais elle est arrivée trop tôt à mon goût et sans doute aussi au sien.

*

Personne n'avait le 06 de son épouse : on ne pouvait pas la prévenir. Les policiers ont cherché dans l'iPhone du mort mais ils ne sont pas arrivés à l'ouvrir. Un cryptage d'agent secret, a commenté le commissaire Bourbeillon. Le personnel de l'établissement s'est occupé de réveiller tous les clients de l'hôtel. L'assassin était peut-être parmi eux. Bourbeillon insista pour que chaque chambre soit fouillée avec soin, ce qui représentait un gros travail. Pour couper une tête, il faut une scie, et une scie ne se cache pas facilement. Les check-in et les check-out étant suspendus, un énorme désordre s'ensuivit dans l'hôtel. C'est pourquoi on ne prêta guère attention à une jolie femme de quarante ans environ qui se présenta à la réception avec ses deux petites filles : l'épouse du mort. Qui s'était enfin décidée à rejoindre son mari dans l'île. Sans deviner qu'elle le trouverait en deux morceaux, aussi froids l'un que l'autre. Sauf, bien sûr, si c'était elle l'assassin.

*

Lisa : « De toute sa vie, Corneille n'a fait confiance à personne. »

*

On a retrouvé la scie dans le petit jardin réservé aux enfants. Quelqu'un aurait pu se blesser. Le plus révoltant chez les criminels : leur négligence. Les assassins ne sont pas sérieux, c'est ça qui les tue. Il n'y avait pas mes empreintes sur le manche de la scie. Bourbeillon me demanda si je les avais effacées. Je sortis un mouchoir de la poche de mon bermuda. Je me sentais ridicule dans cette tenue. Pourquoi n'avais-je pas mis un pantalon pour ma promenade au bord de l'eau avec Lisa ? Colomba m'avait conseillé le bermuda : « Ça te rajeunira. » Un bermuda, ça fait moins séducteur qu'un pantalon et les jeunes filles n'aiment pas les séducteurs : préfèrent les séduits.

– Le mouchoir avec lequel j'ai effacé mes empreintes.

– Je vous trouve arrogant, monsieur Charpy.

– On est comme ça à Paris.

– Je suis contraint de vous placer en garde à vue.

– Vous n'avez rien contre moi.

– Si : votre haine de la victime et le fait que vous avez demandé le numéro de sa chambre à la réception l'avant-veille du meurtre.

– Mon alibi est en béton.

– Ça se découpe, le béton, monsieur Charpy.

*

Vingt-quatre heures plus tard, je ressors libre du commissariat de la capitale administrative de l'île, avec comme obligation de ne pas quitter l'hôtel. N'en ai pas l'intention : il me reste quinze jours de vacances déjà payées. Ce nouveau système où on paye tout d'avance, comme avec les prostituées.

*

Colomba, en mon absence, sympathisa avec l'épouse du mort. Je les trouvai installées ensemble dans le lobby avec tous leurs enfants. Je commandai un chocolat chaud, c'est un antidépresseur.

*

Au cours des trente derniers jours, vingt-neuf scies avaient été achetées dans l'île, dont cinq payées en argent liquide. L'un de ces cinq acheteurs devait être l'assassin. À moins qu'il – ou elle – ne se fût servi d'une vieille scie qu'il lui aurait suffi de bien aiguiser pour en faire une arme tranchante.

*

Son épouse, à présent sa veuve. Une femme trop grande pour lui. Élégante comme une jument de concours hippique. Dossard bleu, toque blonde. Je crus d'abord qu'elle faisait mine de ne pas me voir mais je compris peu à peu qu'elle ne me voyait pas. Que lui avait-il dit à mon sujet ? Que je le harcelais ?

On ne pouvait pas lui donner la chambre du mort, bien qu'il eût déjà libéré le lit : ses deux morceaux avaient été envoyés à la morgue. Le directeur de l'hôtel trouva une petite pièce où Marguerite Sanderpol se réfugia avec ses deux filles. La veuve reparut bientôt, tandis que les fillettes s'ébattaient dans le petit bain. Il faisait trop chaud pour rester enfermé, s'excusa-t-elle. Elle jeta enfin un regard sur moi.

– Mon défunt mari ne m'a jamais parlé de vous.

Le mot défunt venu si vite dans la bouche de Mme Sanderpol : pressée d'enterrer le mort ?

– J'ai peu compté dans sa vie et ne suis pour rien dans sa mort.

*

J'aimais sa beauté raide et enviai mon ancien employeur d'avoir eu dans sa vie une femme aussi attirante. Ma joie due à sa mort aurait été complète si sa veuve avait été une vilaine petite femme et non cette longue créature au charme clair.

*

Colomba éteignit son téléphone, l'air sombre. Les airs sombres se remarquent mieux au soleil, c'est pourquoi il faut se méfier de la tête qu'on fait dès qu'on franchit la Loire.

– Mon cousin est sorti de prison hier, dit mon épouse.

– L'assassin ?

– Les deux ont tué mais celui qu'on libère a tué plusieurs fois.

– Il veut te voir ?

– Il passera quelques jours au village, après je ne sais pas.

– Que viendrait-il faire ici ?

– Je suis sa cousine.

– Et alors ?

– La famille.

Bourbeillon s'approcha, au bord de la piscine, de Marguerite Sanderpol. Il avait sans doute quelques questions à lui poser, mais elle avait un alibi en béton. Comme moi.

*

Lisa partie lire Corneille à la plage : trop de monde dans le lobby et la piscine. Elle commence *Pompée* (1644). Elle m'envoie par SMS : « La source de ma haine est trop inépuisable. » (V, 4) Ce n'est pas prudent : et si la police tombait sur cette phrase ? Je la rejoins sur le sable, afin de lui expliquer de vive voix que dorénavant nous devons prendre certaines précautions et que la première d'entre elles est de ne pas parler de choses sérieuses au téléphone. Et Corneille, c'est sérieux.

– Avec les nouvelles technologies, il faut se méfier. Tu es mon alibi, je suis le tien : la police pourrait croire à un complot.

Elle sourit, rougit, mais ne m'embrasse pas : nous nous passerons de baisers pendant un certain temps.

*

Quatre comédies de Corneille où l'amour triomphe à la fin comme dans un film britannique des années 1990-2000 : *Love Actually*, *Coup de foudre à Notting Hill*, *Cinq mariages et un enterrement*, *La Plus Belle Victoire*, etc.

*

Maintenant que Bourbeillon nous a interdit de quitter l'hôtel, les excursions nous manquent. Nous imaginons, avec les quatre enfants, des randonnées dans l'île. Nous formons désormais une espèce de meute, dont je suis le seul mâle adulte. Nous montrons à Marguerite et à ses deux filles les photos de notre précédente balade, celle qui nous a dégoûtés des balades. Torrents et pierres, ânes et vautours. Les lacs naturels. Bergeries. Jean-René me demande quand la police découvrira le coupable. Lorsque Bourbeillon m'a mis en garde à vue, l'enfant a pensé que c'était moi. Maintenant qu'il me voit m'adresser, libre, à Mme Sanderpol avec délicatesse et qu'il constate que celle-ci me montre du respect, il semble rassuré. Mais si ce n'est pas moi le coupeur de tête, qui est-ce et est-il encore parmi nous ?

*

Lisa dîne avec nous, c'est la plus grande tablée de l'hôtel : nous sommes huit. Marguerite nous renseigne sur son époux décédé. Que lui reprochait-elle ? D'être lui. Elle haïssait chacun de ses gestes. Méprisait ses phrases. Elle a tellement voulu qu'il meure qu'aujourd'hui elle se sent coupable de sa mort alors qu'elle n'y est pour rien : hier soir, était en ville avec ses deux filles. Pourquoi est-elle venue sur l'île ? Pour que les gamines voient leur père une dernière fois. Le divorce prononcé, Marguerite avait l'intention de s'installer à la Réunion avec son nouveau fiancé, ainsi qu'on le disait autrefois. Aujourd'hui, c'est bon ou mauvais coup. Un bûcheron canadien.

*

Rentré chez lui, Bourbeillon nous laisse en tête-à-tête avec le tueur. Ou la tueuse. Mais la scie n'est pas l'arme favorite des meurtrières : elles préfèrent le couteau dans le dos. L'entrée de l'établissement est gardée par deux policiers que le commissaire nous a laissés de mauvaise grâce, considérant que la nature même du crime exclut toute récidive. La victime était, selon lui, ciblée. Par moi ? Colomba ? Marguerite Sanderpol ?

*

Lisa me manque. Est-elle en train de dormir ou de lire *Le Menteur* (1644) ? On l'entendrait rire car c'est une pièce drôle – *Corneille et l'humour*, titre du premier livre écrit par Lisa Colombani dans sa dix-septième année ? – sur l'hystérie. J'ignore où se trouve l'appartement du directeur mais celui-ci a peut-être pris une chambre pour elle afin qu'elle puisse lire Corneille sans déranger ni l'être. Elle m'appelle. Je m'installe dans la salle de bains des garçons pour lui répondre. Elle me dit qu'elle n'a pas peur. J'en conclus qu'elle a peur. Elle a préféré s'installer dans l'appartement de son père, sous-entendant qu'il nous sera impossible de nous rejoindre cette nuit pour continuer de nous embrasser. Quand je reviens dans la chambre conjugale après avoir raccroché, je trouve Colomba assise dans le lit, raide comme Louis XIV pendant une insomnie. Pas de somnifère au dix-septième siècle. Corneille dormait-il bien ?

– C'était Lisa ? demande-t-elle d'une voix amère.

– Oui. Elle est déstabilisée.

– Tu n'as plus besoin de la voir, maintenant que tu n'as plus à rendre ton ex-boss jaloux.

– Je ne suis pas allée la voir. La preuve, je suis là.

Je m'allonge auprès de mon épouse froide et immobile comme une pierre de la petite baie de Campomoro.

– Tu ne m'humilieras pas, Georges.

– Sinon quoi ? Tu me couperas la tête ?

Elle se tourne sur la gauche. Elle le sait, pourtant, qu'il ne faut pas dormir sur son cœur.

*

Ceux qui partent : les innocents. Ceux qui restent : les suspects. Bourbeillon, entre deux bouffées de cigarette électronique, a fait son choix. Il y a aussi les amateurs de romans policiers qui ont envie de connaître la fin de l'histoire et les amateurs de piscine qui veulent continuer de se baigner, mais ils sont rares.

*

Comme alibi, Colomba n'a que ses enfants qui, à l'heure des faits, étaient endormis. Elle avait un mobile pour me tuer – la jalousie – mais n'en avait aucun pour tuer mon ancien patron. Après un bref interrogatoire, elle revint dans notre chambre où les quatre enfants jouaient au Monopoly. Il pleuvait, en effet, depuis l'aube.

– Bourbeillon te suspecte ? demandai-je.

– Non, il me méprise.

– Parce que tu n'as pas tué ?

– Parce que je suis une femme.

– Si on allait se soûler au bar ?

– Qui va garder les enfants ?

– Lisa ou Marguerite.

– Marguerite, alors.

On appela la veuve dans sa chambre. Une comédie de Corneille s'intitule *La Veuve* (1634). « Depuis près de deux ans, tu brûles pour Clarice. » (I, 1)

*

Bourbeillon n'est pas un Maigret comme les autres : il s'épanche. Au labo, la tête n'a pas parlé, sinon que la coupure tête-corps a été faite avec soin. Par un connaisseur. Boucher ou bûcheron.

– L'homme que Marguerite Sanderpol s'apprêtait à rejoindre est bûcheron.

Pourquoi met-on le nez dans notre bière ? Ce n'est pas un mouchoir. Bourbeillon me vante les qualités de l'île.

– Si au moins il n'y avait pas tous ces meurtres.

– Vous auriez moins de travail.

– Ça me ferait du bien d'avoir moins de travail. Je vais quand même réinterroger la veuve : elle me paraît trop joyeuse. Hier, je l'ai entendue rire avec ses enfants.

– Non, c'étaient les miens. Enfin, ceux de ma femme. Moi, je n'ai pas d'enfant. Je suis stérile.

– On s'en remet.

– Comment ?

*

Dorénavant, Lisa et moi nous voyons en cachette pour ne pas rendre Colomba folle de rage. Nous ne faisons rien de mal. Ni rien de bien. Sa lecture de Corneille s'est ralentie : sortira-t-elle un jour de *Rodogune* (1647) comme on sort de prison ? Je lui ai rappelé la phrase de Voltaire : « Lire tout Corneille est une très rude pénitence. » Au hasard de mes déambulations dans l'hôtel, j'aperçois un visage parfait, de fines jambes, un dos droit : les siens. Le volume II de Corneille en Garnier, blond comme ses cheveux. Images brèves bientôt brouillées par les cheveux noirs, le tee-shirt noir, la jupe noire de Colomba. Au contraire de ce que nous avions décidé, Lisa et moi n'avons pas renoncé à nos baisers mais nous nous limitons à un par jour. Ou par soir.

*

Le groupe que nous avions, dans notre désarroi, formé est désormais en train de se diviser : d'un côté les mères et leurs enfants, de l'autre le stérile et la cornélienne. Bourbeillon nous observe en train de nous dissoudre. Persuadé que l'assassin est l'un de nous ? La tête ne dit rien mais l'estomac a parlé : la victime a été droguée avant d'être décapitée. Un puissant somnifère doublé d'un antidouleur opiacé. Perquisition dans toutes les chambres : dans chacune d'elles, on trouve de puissants somnifères et des antidouleurs opiacés.

*

La victime ayant accumulé, en quarante ans d'indemnités grasses et de discrètes grivèleries, une petite fortune, c'est Marguerite Sanderpol qui héritera avec ses enfants, alors que divorcée elle n'aurait rien eu, ce qui en fait la suspecte principale, sauf qu'elle n'était pas présente dans l'hôtel à l'heure du crime. Elle raconte qu'elle était arrivée dans l'île trop tard pour rejoindre l'Aiglon et avait dormi dans un établissement proche de la gare. Il y a aussi qu'elle n'était pas pressée de retrouver un être aussi répugnant que son futur ex-mari, à qui elle devait en outre demander de signer les papiers du divorce.

*

Tous, nous sommes prisonniers du crime peut-être accompli par l'un de nous. La nuit nous enveloppe dans le long manteau puant de la culpabilité. *Le Monde* a envoyé un journaliste spécialisé dans les affaires criminelles mais il fait du sur-place, Bourbeillon lui ayant interdit de nous interviewer. Son visage anxieux apparaît ici et là, tout au long de la journée, muni de sourires inutiles.

*

– Vous êtes le cousin de Colomba ?
– Oui, mais il ne faut pas dire cousin.
– Germain ?
– Ne dites rien. C'est mieux de ne rien dire.

C'est un homme de mon âge, mais il a passé beaucoup d'années en prison, et on dit qu'elles comptent double, voire triple dans certains pays, la France notamment. Il a le double regard des footballeurs et des voyous : voir le ballon et autour du ballon, voir l'argent et la police.

*

Pourquoi le commissaire a-t-il autorisé Vincenzo – le cousin – à pénétrer dans l'hôtel comme sil était de la police ? On dirait que dans l'île certains ex-détenus jouissent de privilèges auxquels les citoyens non insulaires au casier judiciaire vierge n'ont pas accès. Quand je l'ai vu, dans la salle de petit-déjeuner – qui est aussi celle du déjeuner et du dîner –, discuter avec Bourbeillon devant une tasse de café, j'ai pensé qu'un nouvel enquêteur venait d'arriver, tant policiers et voyous ont désormais des habits identiques (jean et blouson de cuir), le même visage (souvent dévoré de tics nerveux), voire une odeur semblable (WC de dégrisement avec sandwiches au jambon beurre ou bien McDo pour les plus jeunes).

Sortie de l'ascenseur, Colomba se jette dans ses bras. Puis me lance un regard d'épouse retrouvant son mari, pas son cousin. Elle nous présente de mauvaise grâce : Vincenzo-Georges, Georges-Vincenzo.

*

L'ancien – et futur ? – détenu commence son règne dans l'hôtel par une longue visite à Jean-René et Gaston, les seuls – avec Colomba – de son sang. Il leur parle bas à l'oreille, comme s'ils étaient au parloir ou dans la cour d'une prison. Au dîner – tandis que Marguerite, installée à une autre table avec Lisa, surveille les quatre enfants –, il résume la situation dans laquelle nous nous trouvons depuis plus longtemps que lui : le commissaire ne peut pas nous garder dans l'hôtel. Faute d'éléments nouveaux, il devra nous relâcher au plus tard dans quarante-huit heures. Vincenzo s'avoue étonné par le mode opératoire de l'assassin : le meurtre à la scie n'est pas dans la tradition de l'île, où tout le monde respecte les traditions de l'île, même les tueurs.

– Ce n'était peut-être pas une scie.

– Une épée ? suggère Colomba.

Je propose une hache. Vincenzo hoche la tête, me jetant un regard de respect étonné : ma participation subtile au débat m'a fait – je le subodore – remonter dans son estime, où je n'étais jusque-là pas bien haut.

– Plus simple et plus radical.

Colomba :

– C'est une scie qu'on a retrouvée à côté de l'hôtel, pas une hache.

Quel intérêt aurait eu le criminel à tuer mon ennemi avec une hache et à laisser ensuite une scie sur les lieux du crime ?

– De toute évidence, dit le cousin, on a affaire à un déséquilibré.

– Ou une, dis-je.

Nouveau regard admiratif de Vincenzo, qui me réchauffe le cœur comme le précédent : je me sens ces jours-ci tellement peu aimé de Colomba dont j'ai pourtant suivi les indications à la lettre pendant ma campagne d'humiliation du mort. Croit-elle pour finir que c'est moi l'assassin à la scie ? Ou à la hache ?

*

Dès qu'il a vu Lisa, Vincenzo en est tombé amoureux. Elle était pourtant en train de lire, ça aurait dû le décourager. Son front s'est rétréci sous l'intensité du sentiment. Ses yeux semblent regarder avec effroi à l'intérieur de lui-même. Lisa est, comme Colomba, de sa race, mais n'est pas sa cousine. Ils passent de longs moments ensemble, Corneille relégué je ne sais où dans la chambre de la jeune fille, qui a quitté l'appartement de son père. Ce que j'ai d'abord pris pour une victoire était ma défaite qui m'a rendu fou de jalousie. Fou à tuer.

*

Le flirt entre la fille du directeur de l'hôtel et le repris de justice parent de ma femme se poursuit d'heure en heure, quel que soit le temps qu'il fait dans l'île. Ai-je eu contre moi le fait de n'être jamais allé en prison ? Corneille abandonné sur un lit non refait. Lui aussi malchanceux en amour. Dix-septième siècle : époque où les stars n'avaient pas tout le monde à leurs pieds car il n'y avait pas de télévision. Pouvaient sortir des bouges sans être reconnus. L'argent tenait lieu de célébrité. Avec les quartiers de noblesse, dont Corneille n'était pas champion.

*

Vincenzo veut me parler. Je lui dis : parle. Pas ici, pas maintenant. L'art du suspens chez le voyou. Se veut maître du temps et de l'espace :

du coup, a besoin du mystère. Le cousin me donne rendez-vous dans le salon de télévision. J'ai une minute de retard. Est-ce la raison pour laquelle il me semble grognon ? Le voyou n'aime pas attendre, ça lui rappelle la prison, où il attendait d'être libéré. Il me demande ce que je bois. Pourquoi faut-il toujours boire ?

– Nous devons parler de Lisa, Georges.

– Je ne suis pas d'accord pour qu'elle aille tapiner à Dubaï.

– Sérieusement.

Il chuchote. Pense-t-il que Bourbeillon a placé des micros dans toutes les parties communes de l'hôtel ? Il suffit de se sentir surveillé pour se comporter comme si on était surveillé.

– Je ne suis pas son père, dis-je.

– Moi, je suis son amant.

– Depuis quand ?

– Cette nuit.

– Vous avez trente ans de plus qu'elle.

– Vous aussi.

– Moi, je n'ai pas couché avec elle.

– Je sais.

– Elle vous l'a dit ?

– Non : elle était vierge.

– Vous avez dépucelé la fille du directeur de l'hôtel ?

– À sa demande.

– À la demande du directeur ?

*

Ma petite héroïne cornélienne, pressée de perdre son arrogante innocence. Au profit d'un monstre banal, peut-être le tueur à la scie. Ou à la hache. Qu'adviendra-t-il d'elle, quand elle l'aura trop énervé, le Corse, avec presque tout Corneille ?

– Cette histoire ne me regarde pas, dis-je.

– Ce n'est pas ce que m'a dit ma cousine Colomba.

Vincenzo en mission commandée par mon épouse pour éloigner Lisa de moi à l'aide de sa beauté râpeuse comme une joue masculine mal rasée ?

– Pourquoi est-elle tombée dans vos bras ?

– Vous ne lui avez pas ouvert les vôtres.

– La différence d'âge.

– Ne compte pas pour une fille amoureuse d'un auteur né en 1606.

Comment Vincenzo connaît-il la date de naissance de Corneille ?

– Comment connaissez-vous la date de naissance de Corneille, Vincenzo ?

– Parce que j'écoute quand on me parle.

– Lisa vous a parlé de Corneille ?

– Depuis que je l'ai dépucelée, elle ne parle que de ça.

– Ça doit être pour cacher ses sentiments.

Pourquoi ne me parle-t-elle jamais, à moi, de l'auteur de *Théodore vierge et martyre* (1646) ?

*

À ce moment d'un thriller, l'auteur a le choix entre annoncer un nouveau meurtre ou approfondir le premier, mais nous ne vivons pas dans les livres, c'est l'un des nombreux inconvénients de l'existence.

*

Abandonné par Lisa qui me préfère Vincenzo et par Colomba qui me préfère Vincenzo aussi, je me rapproche de Marguerite Sanderpol. J'évite de lui poser des questions trop directes sur son défunt mari. À quel moment la pensée m'a-t-elle effleuré qu'en couchant avec elle je parachèverais ma vengeance envers lui, même s'il n'en aurait jamais connaissance ? En parler ou pas à Colomba ? Elle semble tendue sur la question de la fidélité mais son goût pour la vengeance est si fort qu'elle pourrait comprendre mon raisonnement et admettre sa réalisation. Le problème de la vengeance, c'est qu'on n'en a jamais fini avec elle. C'est le drame de cette île de beauté ténébreuse et de ses habitants enragés.

*

Père ou mère lecteur ou lectrice de Yourcenar et de Duras ? Ça changera de Corneille. Quand Marguerite a rencontré son futur mari, il voulait écrire et elle voulait vivre : elle a cru que c'était la même chose. Il a fini dans la presse et elle dans sa cuisine. Je me souviens que ma mère se plaignait qu'en une semaine il y avait quatorze repas et qu'elle devait tous les préparer. Le mort fit longtemps croire à Marguerite qu'il était en train de terminer un roman qu'il n'avait pas commencé. Quand elle cessa de l'aimer, il lui fit un enfant pour la garder à la maison. La seconde petite fille naquit quand Marguerite avait déjà commencé à le haïr.

– Vous aviez envie de le tuer ?

– C'était quelqu'un qu'on ne pouvait pas voir sans avoir envie de le tuer.

– Il vous a pourtant fait deux jolies petites filles.

– Oui, c'est incompréhensible.

*

Elles gambadent toute la journée sur la scène de crime, accompagnées de mes deux beaux-fils. Jean-René nous a dit hier soir, après la cérémonie du baiser sur le front des enfants avant d'éteindre la lumière, qu'il passait les plus belles vacances de sa vie. Lisa et Vincenzo pourraient dire la même chose. Seule ombre au tableau : celle qui reste sur la figure de Colomba. On dirait que mon épouse sait qui est l'assassin et qu'elle craint que Bourbeillon ne le découvre.

*

Le médecin légiste a modifié son rapport : l'arme du crime n'est pas une scie mais une hache, ce qui orienterait les recherches vers l'ami bûcheron de Marguerite. Le problème, c'est qu'il est retourné au Canada. Circonstance aggravante : le lendemain du crime. Son alibi : a passé la nuit en ville avec sa maîtresse épouse du mort.

*

– Quelles étaient vos relations avec Maurice Laforêt ?

– Vous venez d'entrer dans la police, Georges ?

– Simple curiosité.

– La curiosité n'est jamais simple, surtout après un meurtre.

Nous sommes au bord de la piscine, que le directeur de l'hôtel a décidé de ne pas fermer, sauf le jour où on découvrira un cadavre dedans. Chaque matin, les enfants se précipitent pour vérifier qu'il n'y a aucun noyé dans leur espace de jeu préféré, puis ils filent au petit-déjeuner avant de revenir en maillot de bain et de se mettre à l'eau. Les filles arrivent les premières car elles savent où sont leurs affaires : là où elles les ont rangées la veille.

– Que dire de Laforêt ? s'interroge Marguerite.

– Avait-il une raison de tuer votre mari ?

– Oui : je lui avais demandé de le faire.

– Sérieusement, Marguerite.

– Vous ne seriez pas en train d'essayer de me draguer, inspecteur Georges ?

– Ce serait avec plaisir mais j'ai une femme, elle est jalouse et son cousin est un assassin.

– Tout le monde dans cette île est jaloux, d'où le nombre d'assassins.

– N'est-ce pas une légende, le goût du sang chez ces insulaires ?

– Attendez que le directeur de l'hôtel tue Vincenzo parce qu'il couche avec sa fille et vous tue parce qu'il est amoureux de moi.

Elle rit : petits diamants dans sa bouche, qu'on appelle aussi des dents.

*

Promenade en ville. Une ville où il y a une plage est-elle encore une ville ? Nous nous installons à une terrasse, avec les quatre enfants. Lisa et Vincenzo restés à l'hôtel pour faire l'amour. Ou se faire tirer plusieurs balles dans la tête par le directeur.

*

La famille, c'est bien quand elle est nombreuse : ça multiplie les solutions de rechange en cas de conflits verbaux. Un couple avec un enfant n'est pas une famille mais un trio aux marches de l'enfer. Colomba se plaît dans son rôle de monitrice de colonie de vacances. Je joue au père lointain, plongé tout habillé dans un guide de la ville. Comme partout en France, il y a une place du général de Gaulle. Bientôt, on ne saura plus qui c'était et donc pourquoi il y a tant d'artères à son nom. En 1945, la place s'appelait la place du Diamant, c'était plus joli. On ne visite pas une cathédrale avec des enfants : ils font trop les cons.

*

Je trouve Lisa, à notre retour, au bord de la piscine, avec Corneille, à qui Vincenzo a cédé la place. Difficile de liquider un type né en 1606.

– Où est votre amant, Lisa ?

– Ce n'est pas mon amant, c'est ma maman. Les vieux changent de sexe. Il pousse des seins aux hommes de soixante-dix ans et de la moustache aux femmes de quatre-vingts. La pauvre Théodore : obligée de se prostituer alors qu'elle n'en a pas le goût.

– Vincenzo n'a pas cinquante ans et n'a pas de seins.

– Ça ne saurait tarder.

– Vous lui parlez de Corneille ?

– Oui : il déteste.

*

Bourbeillon en approche. Pourquoi les gens fumaient-ils la pipe et pourquoi ont-ils arrêté ? Le commissaire est, comme Vincenzo et moi, fasciné par la beauté riante de la lectrice. C'est la suspecte qu'il interroge le plus souvent alors que Colomba et Marguerite auraient plus de choses à lui dire, sans parler de Vincenzo. Mais il n'a aucune chance avec la cornélienne : elle ne supporte pas les vapoteurs.

– Interpol a retrouvé le bûcheron, dit Bourbeillon.

– Il a avoué ? demande Lisa.

– Il est dans l'avion. Il sera avec nous demain midi.

– Il dormira à l'hôtel ?

– Peut-être.

– Papa ne va pas être content que son établissement soit transformé en hôtel de police.

– Il dit que dans l'île c'est une bonne publicité.

*

La stratégie amoureuse de Corneille, m'explique Lisa : rendre service à l'objet aimé jusqu'à ce que ce service lui devienne indispensable.

*

« Le silence à la bouche, et le chagrin en l'âme. » *La Veuve*, I, 5.

*

Promenade apéritive sur la plage avec Marguerite, bouleversée à l'idée que le bûcheron reviendra, dès demain, dans sa vie.

– Vous n'êtes pas amoureuse de lui ?

– On ne peut pas tomber amoureuse d'un Canadien, à cause de leur accent.

– Même s'il vous a débarrassé d'un mari abominable ?

– Les bûcherons voyagent sans leur hache, Georges.

Le soleil tombe à l'eau, mauvais marin.

– Quelle est la première chose que vous allez lui dire ?

– De se taire.

*

Vincenzo a trouvé une oreille attentive : Colomba. Dans quelle mesure sont-ils cousins ? Sont-ils cousins ? Ils se rencontrent plutôt à l'intérieur de l'hôtel. Ils parlent à voix basse, de sorte qu'on les voit avant de les entendre. Tout juste s'ils ne masquent pas leur bouche avec la main, comme certains coaches pendant un match de foot. Vincenzo n'a pas pu exécuter mon ennemi, ce n'était pas le sien – et, la nuit de la décapitation, le Corse était encore emprisonné. Aurait-il obtenu, de fonctionnaires stipendiés, une permission de sortie de nuit pour aller tuer quelqu'un que lui avait indiqué, par je ne sais quel stratagème, mon épouse en colère ?

*

– Comme Corneille, me dit Lisa, je pense que *Rodogune* est sa meilleure pièce.

– Comment ça se passe avec Vincenzo ?

– Toujours pas d'orgasme.

– Vous savez ce que c'est ?

– Oui, je me masturbe tous les soirs depuis que j'ai six ans.

Le plaisir solitaire n'est-il pas une espèce de meurtre : celui d'un éventuel partenaire sexuel ?

*

Tous ces traits accumulés sur le visage de la jeune fille. J'avais une idée vague de sa personne au début de nos conversations et maintenant que je la connais mieux, je ne sais plus qui c'est.

*

Il est arrivé en voiture de police : celle qui l'attendait à l'aéroport. Il est plus petit que moi alors que je l'imaginais plus grand et surtout plus large. Il n'a pas de barbe mais une moustache, plus facile à entretenir. Sa chemise n'est pas à carreaux. Ses grosses chaussures font du bruit quand il marche. Pour l'accent, j'étais préparé, mais fus quand même surpris quand il dit à Marguerite :

– *Ben lors, ma Marguerite, il spasse quoi dans cthôtel ?*

*

– Que complotes-tu avec Vincenzo ?

C'est, une fois de plus, la cérémonie du coucher avec ma femme. La vie à deux est un vin de messe.

– Il dit que tu es amoureux de la petite Lisa.

– Pourquoi petite ? Elle est plus grande que toi.

– Ça te vexe qu'il couche avec elle ?

– Ça m'ennuie pour elle : c'est quand même un assassin.

– Il a purgé sa peine.

– Sa peine l'a-t-elle purgé ?

Colomba dort nue et moi en pyjama. On ne lit jamais au lit, on se l'est promis au début de notre mariage et on a tenu parole sauf une fois, mais je ne me souviens plus du livre que c'était.

*

Pour lui : « Qui vit haï de tous ne saurait longtemps vivre. » *Cinna*, I , 2 (1643)

*

Les filles du mort font la fête à Laforêt. Les enfants, gênés par rien et notamment pas par l'accent canadien. Se distraient bientôt à l'imiter, pour le plus grand amusement de Laforêt. Réel ou feint ? L'impossibilité de reconnaître, chez un Canadien français, la vérité du mensonge. Ont toujours l'air de raconter une histoire drôle, même si c'est le récit de l'enterrement de leur mère.

*

Les gamines de mon ennemi : deux chefs-d'œuvre de sa mauvaise nature. Elles sont mon enchantement du matin. Le nombre de cœurs brisés dont elles parsèmeront les années 2040 en France et dans le monde car de la génération bougeotte. La délicatesse d'Anna (huit ans), l'espièglerie de Suzanne (treize ans). Deux hyper-blondes. Elles nagent avec rigueur et chantent de sombres chants funéraires irlandais appris avec leur mère à moitié irlandaise. Les seules à déplorer le décès de leur père ? Elles échangent trop de mystérieux sourires afin de ne pas cacher leurs sentiments pour le salaud qui les a mises au monde.

*

Le chiffre 2, mon ancien porte-bonheur, transformé en malédiction codée : les deux cousins corses, les deux fils de Colomba, les deux filles de

Marguerite. Les deux Corneille : Pierre et son frère Thomas.

*

Lisa : « Les trois livres introuvables sont *La Vie et demie* dans la première édition du Seuil, *La Plaisanterie* préfacé par Aragon et le théâtre complet de Thomas Corneille en un volume. »

*

Par quelle magie ai-je assisté à l'interrogatoire de Laforêt par le commissaire Bourbeillon ? La magie littéraire. Libre à mon lecteur de croire que tout est inventé. Je sais, moi, que tout est vrai. En revanche, je ne chercherai pas, sur une si longue distance, à contrefaire l'accent québécois. Le mystère des disparitions canadiennes : Céline Dion, Roch Voisine, Robert Charlebois, Diane Tell, Carole Laure, Gilles Vigneault. Emportés dans une tempête de neige médiatique ?

*

– Monsieur Laforêt, où étiez-vous le soir du 6 juillet 2023 ?

– J'ai passé la nuit du 6 au 7 dans un hôtel de la ville avec Marguerite et ses filles. Le matin du 7, elles m'ont accompagné à l'aéroport. Marguerite s'était enfin décidée à retrouver son mari ici pour s'expliquer avec lui sur leur couple. Le 9, j'étais dans mon homonyme – la forêt – et je coupais du bois.

– Avec une hache.

– Non : une lime à ongles.

– C'est de l'humour ?

– C'est interdit ?

– Dans le cadre d'une enquête policière, ce n'est pas recommandé.

– Mais pas interdit.

– Je me renseignerai mais, a priori, non. Quels sont vos liens avec Marguerite Sanderpol ?

– Étroits.

– Elle est votre maîtresse ?

– Oui, mais pas mon institutrice.

– La victime était-elle au courant ?

– Oui : il nous envoyait dix SMS d'insultes et vingt par nuit.

– Vous pouviez soit le bloquer soit changer de numéro.

– On a fini par le faire.

– Quand ?

– Le 7 juillet dernier.

– La nuit du meurtre.

Silence lourd.

– Êtes-vous venu en France avec une hache ?

– Je voulais mais on me l'a confisquée à l'aéroport de Montréal.

– Vous voyagez souvent avec elle ?

– Dans le train, c'est permis.

– Monsieur Laforêt, quels sont vos rapports avec votre hache ?

– Étroits, comme ceux avec Marguerite Sanderpol. Je peux disposer ?

– Vous restez à ma disposition.

*

Le Canadien sort du bureau du directeur, prend l'escalier, sans doute pour rejoindre Marguerite Sanderpol. La police française réunissant les couples illégitimes. À présent que le mari gêneur a disparu, ils n'ont plus à se gêner. Bourbeillon me rejoint au bar. Il a besoin de quelqu'un avec qui causer et je suis quelqu'un à qui on peut parler.

– Ils ont tous un mobile ou un alibi, se plaint le policier en tirant de larges bouffées sur la cigarette électronique. Je fais quoi, moi, maintenant ? Et cette putain de hache. La scie, ça m'allait. En plus, on en avait trouvé une.

– On est sûr que Laforêt n'a pas quitté son hôtel dans la soirée du 6 juillet ?

– On va vérifier, mais ça m'étonnerait qu'il m'ait menti.

– Son accent, ça déconcentre.

– J'ai eu un mal fou à ne pas rigoler. Heureusement qu'il faisait de l'humour. L'humour, ce n'est pas drôle.

*

Colomba avait trouvé une amie chez Marguerite : deux mères de famille. Le retour de Laforêt les a éloignées l'une de l'autre. Quant au cousin sorti de prison, il passe ton temps avec Lisa. Que ça ne dérange pas : elle lit. Il la regarde lire. À quel moment va-t-il tirer deux ou trois coups de feu dans le tome 2 du théâtre complet du Rouennais comme si c'était une tête ? Lui a-t-on rendu son revolver au greffe quand il a quitté l'établissement pénitentiaire ? Il a toujours son permis de port d'arme. Qu'il garde dans son portefeuille avec ses permis de chasse et de conduire.

*

Parfois, elle crie de plaisir avant de citer un alexandrin à son amant sans qu'il ait eu besoin de la toucher. Dans *Héraclius* (1647) : « Qui se laisse outrager mérite qu'on l'outrage. » (I, 2) Vincenzo approuve. S'étonne que l'auteur ne soit pas originaire de l'île. Presque toutes ses pièces sont des romans policiers. Et cette magnifique définition de mon ennemi assassiné : « L'homme le plus méchant que la nature ait fait. »

*

– Baise-moi.
– Pas lu.

– Baise-moi, je te dis.

– Colomba, tu oublies un détail : tu es ma femme.

– Tu n'es pas drôle.

– C'est normal : je suis ton mari.

– Exécute-toi.

Je me suicide, donc.

*

Marguerite me bat au ping-pong. Je ne m'attendais pas à ce qu'elle joue si bien. Mieux que son mari. Où, et avec qui, a-t-elle appris à jouer ?

– Dans des hôtels de ce genre, avec des hommes dans votre genre.

– Heureuse du retour de votre ami canadien ?

– On avait rompu à l'aéroport, avant son retour à Montréal.

– L'accent ?

– Oui. Si on allait faire l'amour, Georges ?

– Vous voulez dire : ensemble ?

– Certes.

– Je viens de le faire avec ma femme.

– Je croyais que votre came c'était plutôt la fille du directeur de l'hôtel, celle qui ne se déplace pas sans un gros livre jaune.

– Elle est avec Vincenzo, le cousin de mon épouse.

– Je comprends.

– Qu'est-ce que vous comprenez ?

Elle prend l'air mystérieux qu'ont les femmes quand elles se préparent à répéter ce qu'elles ont juré qu'elles ne répéteraient pas.

– Il est viril.

– Il sort de prison pour meurtres. Au pluriel.

– C'est lui qui a tué mon mari ?

– Il n'avait pas encore été libéré. Enfin, c'est ce qu'il dit. Et ici, ce qu'on dit, autant le taire.

Marguerite secoue sa tête blonde et ses cheveux volent autour de son visage parfait.

– Il faudra quand même qu'on trouve l'assassin, pour le remercier.

– Le mort vous laisse un bel héritage ?

– Énorme. Il économisait sur tout, ce con.

*

– Les filles à lunettes sont de mauvais coups, me confie Vincenzo. Je l'ai toujours su. Et à chaque fois, je me laisse prendre.

– Lisa en est à quelle pièce ?

– Elle attaque *Nicomède*.

1651.

*

Corneille, selon son admiratrice dont je ne connais toujours pas l'âge réel : « L'homme des hauts et des débats. »

*

C'est un petit personnage rond et gris. Un peu rose aussi. Quand on lui parle, on a l'impression qu'il pense à autre chose. Quand c'est lui qui parle, on dirait qu'il ne s'écoute pas. Il a toujours quelque chose en tête, un quelque chose qui n'est pas quelque chose à vous. Il marche vite, comme tous les directeurs d'hôtel. Ça doit être pour qu'on ne l'attrape pas. Un hôtel est un festival de trucs qui ne marchent pas ou pas bien. Comment s'en sortir si on est à la tête de cent, deux cents ou trois mille robinets ? Le père de Lisa a, par surcroît, un crime sur les bras.

*

Lisa commence le tome 3 du théâtre complet de Corneille par la fin : la trente et unième pièce du Rouennais et l'une des plus belles (*Suréna*, 1675). Trois ans après que Pierre eut voté pour son rival Racine à l'Académie française. Impossible de faire autrement sans passer pour un mauvais camarade. Le mot camarade existait-il au dix-septième siècle ? Racine lui est pourtant passé devant avec des tragédies sentimentales de cinq cents mots. Je demande à la jeune fille de me parler de son père.

– Pourquoi est-il seul ?

– Un directeur d'hôtel n'est jamais seul, c'est même son problème.

– Il n'a jamais eu de femme ?

– Si, ma mère. Morte quand j'avais sept ans.

– Personne depuis ?

– Papa est l'homme d'une seule femme et de milliers de clients.

– Et vous, Lisa ?

– Je pense à ce pauvre Corneille : perdre l'amour et la gloire à l'entrée de la vieillesse.

*

Gaston et son émerveillement plat devant son frère Jean-René, Jean-René auguste dans son rôle d'aîné. Les couples se sont formés avec Anna et Suzanne mais pas ceux que l'on croyait : Gaston (huit ans) a séduit Suzanne (treize ans) tandis que Jean-René (onze ans) a cédé au charme d'Anna (huit ans). Dans chaque couple, différence d'âge incongrue. Ça se voit surtout le soir, quand ils se promènent main dans la main autour de la piscine en attendant le dîner.

*

– Croyez-vous, Colomba, que mes filles préféreront toute leur vie l'une les hommes plus âgés (Anna), l'autre les hommes plus jeunes (Suzanne) ?

– Je me pose la même question pour mes fils.

– Tout ce que je souhaite, c'est qu'elles ne se mettent pas à lire. C'est insupportable. Cette Lisa, j'ai envie de la gifler quand elle ouvre son Corneille.

– Mon cousin va finir par la quitter alors que c'est un bon parti : plusieurs restaurants au nord de l'île.

– Je croyais qu'il sortait de prison.

– Ça n'a jamais empêché personne d'ouvrir un restaurant. Il a été condamné pour meurtre, pas pour intoxication alimentaire.

*

L'enquête avance, ne cesse de nous dire Bourbeillon. Pourtant, aucune trace de la hache. Vincenzo me rejoint au bar de l'hôtel. C'est mauvais signe quand les vacanciers se retrouvent au bar de l'hôtel. Ça veut dire qu'ils en ont assez de la piscine et que Paris leur manque.

– Ce Bourbeillon me semble incapable, me dit Vincenzo.

Je le fais répéter car il continue de parler bas comme si les murs avaient des oreilles, ainsi que le répétaient les affiches de l'armée française pendant la drôle de guerre (1939-1940).

– Il a l'air de bien patauger, dis-je.

– Je peux te faire une confidence, Georges ?

– Je ne préfère pas. Les confidences des mecs qui sortent de prison, j'évite.

– Je te la fais quand même.

– Je précise que je ne sais pas garder de secret.

– Je me demande pourquoi ma cousine t'a épousé.

– Moi aussi. Ça doit être parce que je n'étais pas en prison : je ne pouvais par conséquent pas en sortir.

*

Ce que m'a confié Vincenzo ce jour-là, je ne peux même pas l'écrire. Lisa qui passe me demande pourquoi je suis si pâle, puis elle emmène le voyou dans sa chambre après s'être excusée auprès de moi : avoir envie de faire l'amour quand on a trop lu, c'est comme avoir envie de faire l'amour quand on a trop bu. Elle ignore que j'ai cessé de lire après mon licenciement. Mais j'ai continué de boire.

*

Les médias se déchaînèrent quand un second crime fut commis dans l'hôtel malgré la présence de la police aux portes de l'établissement.

II

Il marchait dans la rue de Lille, la tête pleine d'une interrogation obscure : comment amener les gens, surtout les jeunes, à étudier le bulgare ? Il se dirigeait vers le boulevard Saint-Germain. Il avait prévu de déjeuner seul au Rouquet, angle Saint-Germain Saints-Pères. Tous ces saints, se dit-il. Et soudain plus un seul. Il n'y avait pourtant aucune raison pour qu'il y eût autrefois des saints et qu'il n'y en eût plus parce qu'on était passé du vingtième au vingt et unième siècle. L'époque moderne était celle de la sainteté cachée. La plupart des gens – hommes, femmes, transgenres – s'appliquaient pourtant à manifester leur bon cœur en diverses occasions. Se plaignant toutefois que les autres humains n'en fissent pas autant.

*

C'était une de ces belles matinées qu'il y a sur terre quand on n'a pas encore soixante ans. Le cartable du professeur, le premier mari de Colomba bientôt défunt, est léger. Il n'y a jamais beaucoup de choses dans le cartable d'un professeur de bulgare. Le feu passe au rouge, rue de Lille. L'homme reçoit une tape dans le dos : le guidon d'un vélo. Déséquilibré, le premier mari de Colomba trébuche, tombe et se fend le crâne. On n'a jamais retrouvé le cycliste. Passé aujourd'hui à la trottinette électrique débridée (vitesse maximum 53 km/h) ?

*

Elle me rappelle que, dans sa lecture du tome 3, elle commencera par la dernière tragédie (*Suréna*). Corneille l'a écrite à soixante-huit ans. Mon âge quand je rédige ce thriller corse.

– Tu penses que c'est un gage de qualité ?

– J'en ai assez de l'ordre chronologique, c'est encore un ordre.

Confidence faite quelques heures avant le nouveau drame qui allait endeuiller l'hôtel et même l'île. Après un crime, on en attend un second, comme si, entré quelque part, le Mal, c'est-à-dire l'assassin, s'attardait sur les lieux de son forfait. Mis en appétit, se demande s'il ne va pas en accomplir un autre. Ce fut donc ici le cas.

*

Le labo est formel : la même hache. Celle qu'on recherche en vain depuis le meurtre précédent. L'assassin insiste ? Ce qui caractérise pourtant les tueurs, c'est leur manque d'humour, c'est-à dire de distance. Restent trop près des choses, c'est-à-dire des hommes et des femmes qui pour eux sont des choses.

– Je veux qu'on m'apporte cette hache ! hurle Bourbeillon dans les couloirs, les escaliers et les salles de réunion de l'hôtel.

De rage, a cassé sa cigarette électronique.

*

Les policiers en faction devant l'hôtel n'ont vu personne entrer ou sortir : l'assassin se trouve parmi nous, maintenant il n'y a pas de doute. Tout le monde commence à se regarder avec méfiance, même les enfants. Impavide, Lisa nous propose des parties de Cluedo mais son père nous a prévenus : ne pas jouer au Cluedo avec sa fille, elle trouve l'assassin avant tout le monde.

*

Colomba en larmes. Elle a beau avoir plusieurs cousins, celui-là était le seul à lui avoir rendu visite à l'hôtel Aiglon – baptisé l'hôtel rouge par la presse, à cause de tout le sang versé – malgré les événements, dans le but de lui porter secours. Elle jure qu'elle le vengera. Je lui prêche la modération.

– Une seule personne, dit Colomba, était capable d'une chose pareille : Vincenzo.

– Et il n'a pas pu le faire puisque c'est lui la victime.

*

– Je voulais lui donner une leçon.

– Une leçon de quoi ?

– De politesse.

– Il avait été impoli avec toi ?

– Non. Avec Colomba.

– Ta cousine ?

– Pas seulement cousine : sœur, mère, fille. La femme corse dans sa totalité.

– Tu n'en as pourtant épousé aucune.

– En prison, ce n'est pas évident de se marier, sauf si c'est avec un homme, mais en dix ans de détention je n'ai pas eu connaissance d'un mariage entre deux prisonniers.

– Un gardien tombe amoureux d'un détenu : ils demandent l'autorisation de se marier. L'administration pénitentiaire la leur accorde. La veille des noces, le fiancé détenu est assassiné. Par qui ?

Nous nous trouvions encore au bar de l'hôtel, quelques heures avant la décapitation de Vincenzo.

Il venait de m'avouer que le professeur de bulgare, c'était lui qui avait fait le coup.

*

Vincenzo : « Le prof n'était quand même pas obligé de tomber sur la tête. Bien sûr, il ne portait pas de casque. »

*

– Colomba n'a jamais voulu me dire comment elle avait rencontré son deuxième mari : toi.

– Elle a ses petits secrets.

– Elle a honte peut-être ?

– Toutes les femmes qui ont vécu avec moi ont honte de moi et d'elles.

– Tu exagères.

– C'est pour que tu ne me croies pas.

*

Les apartés avec Vincenzo me manquent. Je ne pensais pas, quand il est arrivé dans l'hôtel, que je m'attacherais autant à lui. Qu'il eût tout son temps me reposait. Au contraire des agités de l'endroit – Lisa avec Corneille, Colomba et Marguerite avec leurs enfants, Bourbeillon avec son enquête et le directeur avec son hôtel –, il prenait le temps de ne rien faire, de ne rien dire, de ne pas bouger. Il observait tout le monde en ayant l'air de ne regarder nulle part. Qui cette plate attention gênait-elle ?

*

N'étant pas descendu au petit-déjeuner qui n'était plus servi dans les chambres depuis la mort de mon ennemi, Colomba fut la première à s'en inquiéter. Elle connaissait l'importance, pour Vincenzo, de la cérémonie matinale du café. Qu'il prenait sans lait et sans sucre, noir. Au bord de la piscine, il n'y avait que Lisa et le tome 3. *Suréna* : la rupture entre deux personnes qui s'aiment. Corneille voulait dépasser Racine dans la tragédie sentimentale mais encore trop de tragédie et pas assez de sentiments dans ses pièces d'aucun succès.

– Tu vas voir, Georges ?

– Pourquoi moi ? Je le connais à peine. Il trouvera louche que je vienne frapper à sa porte.

– Vous êtes tout le temps fourrés ensemble. Je me demande, du reste, ce que vous pouvez bien vous raconter. Si encore vous jouiez à quelque chose. Les échecs, par exemple.

– Il n'aime pas le nom.

Je me lève, bois debout le reste de mon café, monte au deuxième étage par l'escalier (ma phobie des ascenseurs). C'est donc moi qui ai découvert le corps décapité de Vincenzo Balducci, le mardi 18 juillet 2023 à neuf heures et quart, dans une chambre de l'hôtel Aiglon.

*

Bourbeillon : « Encore une décapitation et je file ma dém. » Il n'a pas racheté de cigarette électronique, a repris le tabac. Du coup, les interrogatoires ont lieu au bord de la piscine, ce qui leur donne un bizarre air festif.

*

Il disait : « La trottinette électrique est le meilleur moyen de s'enfuir après un casse ou un homicide. » Sauf dans l'île, ajoutait-il, où on était tout de suite identifié car il n'y en avait qu'une dizaine. Il me parlait de son village au milieu du désert, de l'eau glacée des gorges, des cascades, des fleurs de montagne (benoîte rampante, épervière à feuille de statice, etc.), des plateaux pas trop hauts couverts d'arbustes. Les couleurs : l'ocre et le bleu acier.

*

Je m'approche de Lisa. Depuis la mort de Vincenzo, elle reste en maillot de bain toute la journée, même quand elle traverse le lobby, ce qui énerve son père. Elle enlève le haut du maillot quand Bourbeillon vient l'interroger, lui demandant sur un ton espiègle si ça ne le dérange pas : depuis la mort de son amour, elle a toujours chaud aux seins. Enceinte ?

*

– Il t'a demandé quoi, Bourbeillon ?

– Pourquoi, à chaque fois qu'un homme me courtise, il finit décapité.

– Pas moi.

– Tu es peut-être le prochain ?

– Les femmes ne se servent pas de hache.

– Si : les Canadiennes. Et je ne suis pas une femme, je suis une lectrice de Corneille.

– C'est quoi la différence ?

Elle pose la main sur mon sexe. Et si en effet c'était moi, le troisième décapité ?

– Que fais-tu, Lisa ?

– « Si vous craignez la mort, vous n'êtes point mon frère. » Pulchérie à Héraclius dans *Héraclius*, acte V, scène 2.

Découvre, à cette occasion, que Lisa ne se contente pas de lire tout Corneille, *elle l'apprend par cœur.*

– Je me suis rendu compte que depuis mon dépucelage je n'avais pas passé une journée sans faire l'amour.

Je me dis que, dans sa chambre, je chercherai le moindre indice sur l'identité du tueur (ou de la tueuse).

*

– Pierre, me dit Lisa dans l'ascenseur, faisait écrire à ses amis des compliments pour ses pièces, éloges rimés qu'il insérait dans la brochure.

*

– C'est donc la seconde fois, Georges, que vous découvrez le corps, ce qui fait de vous mon principal suspect.

– Vous n'allez pas me mettre en garde à vue, Charles ?

Car Bourbeillon se prénomme Charles.

*

Les soupçons se portent aussi sur le bûcheron canadien, bien qu'il soit venu en France sans sa hache.

*

Laforêt en garde à vue. Bourbeillon n'a pas traîné. Deux décapitations en quinze jours : on frôle le ridicule et le ridicule tue, comme les haches.

*

Je pensais qu'après la mort de Vincenzo Lisa arrêterait de lire Corneille, le commissaire le croyait aussi, mais la fille du directeur a reparu à la piscine avec le tome 3. Elle a repris l'ordre chronologique : *Œdipe* (1660). Un triomphe à l'hôtel de Bourgogne, sauf auprès de celle qu'il appellerait par la suite marquise. Pierre a cinquante-quatre ans, la Du Parc vingt-sept. Ce rêve de l'éternelle jeunesse, contredit par les miroirs. Ou pire : les photos prises avec un téléphone. Orange et Bouygues semblent surtout intéressés par nos rides. Quand il n'y avait pas d'appareil photo dans les téléphones, je me trouvais plus beau. C'était, j'en conviens, il y a vingt ans.

*

Notre stupeur en voyant Laforêt sortir de l'hôtel menotté. Chez nous – les innocents dont un monstre –, un tendre soulagement : nous étions débarrassés de cet accent qui envahissait nos déjeuners, gâchait nos après-midi, ruinait nos soirées. Quelle bonne raison le Canadien avait-il de se débarrasser du cousin de mon épouse ? Il n'est pas passé aux aveux et je plains les policiers qui rédigeront le PV de son interrogatoire. Sous le choc psychologique, l'accent canadien doit être encore plus fort.

*

– À nous deux, Georges.

– Pourquoi m'interroger, Charles, alors que vous tenez le coupable ?

– Je ne le tiens pas, je le garde à vue. Dans quarante-huit heures, je devrai le relâcher, comme je l'ai fait avec vous. On a vu le résultat.

– J'ai passé d'excellents moments en liberté.

– Surveillée. Que faisiez-vous dans la nuit du 16 au 17 juillet 2023, Georges ?

– Je dormais, Charles, mais pas avec vous.

– C’est dommage pour vous : n’étant pas votre femme, j’aurais pu vous fournir un alibi.

– Vous vous êtes trompé de coupable, commissaire. Laforêt sait peut-être manier une hache mais Lisa a trouvé dans Corneille toutes les bonnes raisons pour le faire.

– Vous accusez cette jeune fille d’avoir accompli un double meurtre à l’aide d’une hache ?

– Oui. Ce n’est pas normal de lire autant, surtout en plein été.

– Quel rapport avec les meurtres ?

– Il n’y en a pas.

– Le mobile ?

– Il n’y en a pas non plus. J’ai bien réfléchi : nous avons affaire à une folle.

– Rien de fou dans sa déposition.

– Je peux la lire ?

– Non. Quand vous êtes arrivé dans la chambre de M. Balducci, vous n’avez rien trouvé de bizarre ?

– Si : un homme sans tête vidé de son sang.

– Il avait la tête sous le bras ?

– Oui, comme saint Denis, mais le Corse ne montait pas la rue des Martyrs.

– Et cette hache qu'on ne trouve toujours pas. C'est énervant.

*

Colomba en deuil : n'a pas eu besoin de changer de robe. Son autre cousin – Alberto – a obtenu une permission de sortie pour aller enterrer Vincenzo dans son village, cérémonie au terme de laquelle il a pris la poudre d'escampette. Il va, a-t-il annoncé à mon épouse, exécuter le coupable quand il aura découvert qui c'est. Les menaces s'accumulent sur la tête du boucher qui peut être Maurice Laforêt mais j'en doute.

*

Pendant l'absence de ma femme, je passe la nuit avec Lisa. Nous lisons. Soudain, elle pleure.

– Je ne retrouverai jamais un homme si doux, geint-elle.

– Il t'aurait peut-être tuée par amour. Ça se fait, chez les autochtones.

– En attendant, c'est lui qui est mort. Éliminé par ce type à l'accent affreux.

– Je n'en crois rien.

– Laforêt n'a pas tué Vincenzo ?

– Non, c'est toi qui l'as fait.

– Pour quelle raison ?

– Il t'empêchait de lire.

– Disons qu'il empiétait sur mon temps de lecture mais il ne m'empêchait pas de lire à proprement parler. Je sais pourquoi tu crois que c'est moi : parce que nous ne couchons plus ensemble. Les gens qui ne couchent plus ensemble sont des assassins.

*

– Tu n'as pas d'autres cousins, Colomba ?

– Si, plein.

– Ils vont venir ?

– Non.

– Pourquoi ?

– Ils tiennent à leur tête. Ils n'en ont qu'une, en comptant large.

– Je croyais que la famille c'était au-dessus de tout.

Nous sommes dans notre chambre, comme c'est trop souvent le cas depuis une dizaine de jours. Nos vacances sont sur le point d'être finies mais notre roman policier, non. Marguerite et Lisa, en tant que veuves approximatives, font de nombreux apartés.

*

Une femme peut-elle soulever une hache ? Elles sont rancunières, mais cela suffit-il ? Colomba se propose de faire une démo. Elle prétend en effet soulever sa hache comme un homme. Je demande :

– Auras-tu la force, après, de trancher une tête ?

– Amenez-moi une tête.

– On n'en a pas, s'excuse Bourbeillon.

Au décès de son cousin, Colomba n'a pas pleuré. Ce qui l'inquiète : la prochaine victime. Persuadée que l'assassin à la hache ne s'arrêtera pas là. Qu'en sait-elle ? Sauf si, évidemment, c'est elle l'assassin.

*

Nous suivons notre abominable mésaventure estivale sur les réseaux sociaux et dans les autres médias. Les enfants ne se doutent de rien, on leur fait croire à un jeu de piste. Colomba, Marguerite et Lisa s'occupent de dessiner des plans et de chercher des questions adaptées à leur âge. Quel Chti est président de la République depuis six ans ?

*

Bourbeillon m'annonce la nouvelle par téléphone à huit heures du matin : retour de Maurice Laforêt, libéré après sa garde à vue. N'a pas quitté sa chambre la nuit où Vincenzo a été décapité. Il a un témoin : une escort-girl ukrainienne réfugiée de guerre.

*

Même si c'est la même hache, est-ce le même tueur ? Peut-on haïr aussi fort un journaliste au chômage qu'un voyou corse ? Jusqu'à ce que l'enquête prouve le contraire, mon ennemi et

Vincenzo ne se connaissaient pas, bien que liés par la même personne qui les connaissait tous les deux. Comment ont-ils fait pour se retrouver, à quelques jours d'intervalle, sous la même hache ?

*

Qu'on a retrouvée !

*

Dans la chambre de Lisa. Elle n'y était pas la veille. Lisa avait regardé sous le lit, comme chaque soir. Stupéfaction générale en France et dans le monde. Mon intuition aurait-elle été juste, ce qui n'est presque jamais le cas des intuitions ? Bourbeillon fait soulever l'arme à la jeune lectrice qui s'exécute sans problème. A-t-elle un alibi pour la nuit du second crime ? Oui : Corneille. Mais, sourit-elle, il ne parlera pas. Bourbeillon hésite à la placer en garde à vue. Trois gardes à vue et toujours pas de coupable. Lisa nie être la meurtrière de Vincenzo et bien sûr de mon ennemi :

l'homme avec qui elle couchait et l'homme qui ne couchait pas avec elle.

*

La hache a parlé. Pour ne rien dire : aucune empreinte, nul ADN.

*

Finissons-en avec les mystères : l'assassin de mon ennemi le journaliste et de mon ami Vincenzo, c'est moi. Les deux questions que se posera mon lecteur épouvanté : quels sont mes mobiles et surtout où ai-je caché la hache avant de la placer dans la chambre de Lisa où la police l'a trouvée ? Je ne vais pas y répondre tout de suite. La phrase de Dickens : « Faites-les rire, faites-les pleurer, mais surtout faites-les attendre. »

*

Quand j'ai compris que Colomba n'était pas la Colomba de Mérimée mais la mienne, j'ai su que c'était à moi de devenir elle. J'attendais qu'elle passe à l'action : j'ai dû le faire. Mon ennemi était endormi, je l'ai réveillé pour qu'il ne perde rien du spectacle ni moi de celui qu'il allait m'offrir. Je ne me souviens pas du nombre de coups que j'ai donnés. Une tête ne se sépare pas facilement d'un corps ; c'est déjà dans Freud. Tout est dans la tête, surtout le sexe.

*

Nous devons quitter l'hôtel rouge mais avons l'ordre de rester dans l'île. L'hôtel de police n'est pas un hôtel, il a fallu qu'on en trouve un autre. Les hôteliers sont réticents, craignant que l'assassin toujours en liberté ne continue le massacre en ville. Colomba, ses fils et moi trouvons plus facilement à nous loger : un couple avec deux enfants inspire confiance. À juste titre : je n'ai plus de hache. Ni ennemi, ni rival.

*

Marguerite et ses filles sont à l'hôtel Bonaparte, au centre de la ville. Nous, c'est l'hôtel Napoléon.

Une étoile de plus. Lisa et son père sont restés à l'hôtel Aiglon où ont eu lieu mes deux crimes. C'est leur domicile. Je suis désormais privé de la jeune fille. Nous nous écrivons plusieurs fois par jour. Corneille vient tout de suite dans la conversation. Je sens Lisa fatiguée de ce tome 3. Elle attaque ou plutôt est attaquée par *Attila* (1668). Grand succès. Oublié à cause de Boileau : « … après l'*Attila*, Holà ! » La jolie Du Parc joue la belle Ildione. Je demande à Lisa de me lire à haute voix les vers qu'écoutait Corneille quand ils sortaient des lèvres de la jeune femme dont il était amoureux sans espoir : « Trêve, mes tristes yeux, trêve aujourd'hui de larmes. » (IV, 7) Aimait-elle Vincenzo ? S'interroge : « Quelle vie amoureuse peut-on avoir quand votre premier amant a été assassiné ? » J'ajoute *in petto* : « … assassiné par mon second amant. » Mon premier éditeur me reprochait d'employer trop souvent l'expression *in petto*. Le nombre de choses que je me suis dit *in petto* depuis. L'éditeur est mort, mais ce n'est pas moi qui l'ai tué.

*

Nous retrouvons Marguerite au café Marengo, en partie à cause des enfants qui forment un quatuor parfait : ne manquent plus que les instruments de musique. Les deux mères sont soulagées de ne plus dormir à l'Aiglon, où elles ne se sentaient plus en sécurité. En ville, elles ont l'impression d'être mieux protégées, ignorant que l'assassin les a suivies jusque dans le lit conjugal de Colomba.

*

Lisa, au téléphone, m'annonce d'une voix grave qu'elle renonce à lire tout Corneille. Assure qu'à part Corneille personne n'y est jamais parvenu, pas même l'écrivain collaborateur Robert Brasillach qui a écrit un livre sur lui. Et Maurice Rat, l'auteur de l'édition Garnier de 1942.

– On n'a pas la preuve, dit-elle.

– Si : ses trente et une préfaces.

– A dû les sous-traiter.

*

Séduire Lisa sous mes yeux et demander ensuite si ça ne me chagrinait pas. M'avait-il pris pour un journaliste comme un autre, c'est-à-dire sans hache ? Je revois le petit visage sournois de qui a joui de la femme qu'on aime. Il était, dans sa maigreur insolente, plein du plaisir qu'il venait d'avoir avec Lisa. Je me suis retenu pendant plusieurs jours, refusant d'être le jouet de mon envie de tuer quelqu'un sous le prétexte qu'il m'avait offensé. Mais c'était comme si j'entendais la hache frémir et vibrer dans sa cachette, me suppliant de venir la décrocher afin qu'elle fît son office tudorien.

*

Laforêt a pris une chambre à l'hôtel d'Arcole, à égale distance du Bonaparte et du Napoléon. Je le vois passer parfois sur un vélo loué. Il me salue d'un léger mouvement de la tête mais ne s'arrête pas, gardant son accent pour lui.

*

– Si tu ne lis plus Corneille, Lisa, que vas-tu devenir ?

– Une jeune fille sans honneur.

– Dans ce cas, tout le monde pourra coucher avec toi.

– Quand je pense que Vincenzo ne m'a pas fait jouir une seule fois.

– Il méritait de mourir.

– C'est toi qui l'as tué ?

– Oui.

Elle rit aux éclats. Quand on s'accuse d'un meurtre qu'on a commis, les gens rient aux éclats, surtout les jeunes filles.

*

Le petit train électrique relie la ville au reste de l'île, dont l'hôtel Aiglon où Lisa passe son temps à ne pas lire. Ni Corneille, ni quoi que ce soit d'autre. Je lui demande ce qu'elle fait.

– Respirer.

– Tu pourrais au moins aller te baigner.

– Je ne sais pas nager.

– Je t'apprendrai.

– Surtout pas.

– Pourquoi ?

– Après, il faudra que j'aille me baigner.

Lisa aussi froide que la Du Parc, bien que je ne lui aie écrit aucun beau rôle. J'aimerais me pencher pour l'embrasser mais sa bouche me semble désormais aussi loin que Marseille ou même Lille. Je suis passé à côté de mon histoire d'amour comme on rate un virage au ski.

*

Colomba s'assombrit de plus en plus. Bientôt son visage sera de la même couleur que ses robes de deuil. Me soupçonne-t-elle d'être l'assassin, moi qui n'ai pas l'air d'avoir, comme elle, le culte de la vengeance ? Elle passe beaucoup de temps dans la salle de bains avant de venir se coucher, comme si cette perspective la dégoûtait. J'essaie de l'adoucir – l'éclairer – en lui posant des questions sur ses fils. Ce sujet plaît aux mamans. Elle me répond du bout des lèvres, avec un voile dans les yeux.

*

Nouvelle visite à Lisa dans l'hôtel de son père. Assise sur le rebord de la piscine, elle regarde l'eau, son ennemie. En maillot de bain une pièce comme mon épouse, mais c'est la pièce du bas. Ses petits seins rayonnent de jeunesse et de liberté. Ces deux globes terrestres qui contiennent toute la terre. Ils sont l'enfance, la féminité, la fertilité. Les enfermer dans mes vieilles mains ? Pour quel enfer ?

– Tu regrettes Vincenzo ?

Quel hypocrite, ce narrateur-meurtrier : moi.

– Il avait une certaine poésie.

– Des alexandrins ?

– Quand je pense que j'ai failli avoir lu tout Corneille.

– Tu visais le livre des records ?

– Non : ma résistance au chagrin. Tu déjeunes avec papa et moi ?

– Oui.

L'assassin revient toujours déjeuner sur les lieux de son crime.

– Comment va ta petite famille, Georges ?

– La grande, tu veux dire. Aux repas, on est sept. Avec Laforêt on serait huit, mais il refuse de s'asseoir à la même table que Marguerite. Il mange tout seul des moules en ville. Ce qu'il peut y avoir de moules dans les restaurants de l'île, c'est hallucinant.

*

Mes mains tremblent, je les cache sous ma serviette de table. Je reconnais ce tremblement, c'est le désir de tuer. Il faut que Lisa y passe, elle aussi. Comme les autres. Tous les autres. La terre entière. Je peux la supprimer, il me suffit d'appuyer sur le petit bouton que j'ai à l'intérieur de la poitrine : mon cœur.

*

Bourbeillon me tient au courant du progrès de l'enquête, ce qui n'est pas déontologique. Pour me faire peur ? A renoncé au vrai tabac après avoir abandonné la cigarette électronique. Il n'a plus, dans la bouche, que des mots. Il s'assoit et garde le silence, comme si c'était son seul ami. Fait-il une dépression nerveuse ? Il y aurait de quoi. La presse nationale s'est détournée de lui mais la presse locale ne le lâche pas. Qui pouvait avoir une raison de tuer mon ennemi *et* Vincenzo Balducci ? Il ne sait. Cette incompréhensible créature est pourtant devant lui à la terrasse du café Joséphine.

*

Je reviens à l'hôtel pensant que j'aurai la chambre pour moi seul. Chaque matin, les deux mères ont l'habitude d'aller à la plage avec les quatre enfants qui ont, de fait, l'impression d'avoir des vacances normales. Gaston et Jean-René étaient déjà orphelins. Quant à Anna et Suzanne, elles ne voyaient guère leur père, et les photos de celui-ci décapité ont vite été supprimées des réseaux sociaux.

Je trouve Colomba allongée dans le noir, nue. Je demande pour rire jaune où se cache son amant. Elle dit que je suis son seul amant et me prend dans ses bras. Elle a donc compris que c'est moi le tueur. Veut-elle me punir ou me récompenser ? Je me sens chétif et abusé. Parfois, j'ai l'impression que c'est elle qui tue, alors que c'est moi.

– Que dit Bourbeillon ? demande-t-elle en déboutonnant ma chemise.

– L'enquête avance mais il ignore vers quoi.

– Il soupçonne qui ?

– Moi.

– Il te l'a dit ?

– Non, justement.

*

Après avoir fait l'amour avec mon épouse légitime, je me rends à la plage pour voir mes deux beaux-fils : leur innocence me fera, je le sens, du bien. Je les trouve en compagnie de leurs deux compagnes prépubères. Ces quatre petites têtes blondes dont deux sont brunes. Les belles vacances qu'ils passent dans notre cauchemar qui est surtout le mien. N'est-ce pas moi qui, en supprimant mon ennemi puis mon rival, ai transformé notre vie anodine en décor de tragédie ? Je m'assois dans le sable à côté de Marguerite Sanderpol. Elle est la conclusion fraîche à cette matinée d'amour à l'intérieur de laquelle il y a un monstre : moi. Se dessine une ombre, celle de Maurice Laforêt. Il passe voir ses petites belles-filles une fois par jour, une dizaine de minutes environ et sans adresser la parole à son ex. J'ai droit à un bref bonjour presque sans accent, puis le Québécois rejoint les filles de mon ennemi et mes beaux-fils au bord de l'eau.

*

Ces matinées de soleil. J'appelle Lisa. A-t-elle repris Corneille ? Non.

– Avec les femmes, quand c'est fini, c'est fini.

*

Elle a pris le petit train électrique pour nous rejoindre : elle en a assez de passer ses journées et ses nuits dans l'hôtel Aiglon vide, avec comme uniques compagnons les plaintes de son père. Elle nous retrouve sur la plage municipale, où notre petit groupe désormais célèbre dispose de toute la place dont il a besoin : les estivants n'aiment pas rester près des acteurs d'un fait divers. On nous reluque de loin en faisant des commentaires que par bonheur on n'entend pas. Colomba, de plus en plus vibrante quand elle croise mon regard, interroge la jeune fille :

– Georges me dit que vous avez arrêté Corneille ?

– Oui : trop de sang.

– Que lisez-vous à la place ?

– Mes pensées.

– Sombres ?

– Pas trop.

Puis elle va jouer avec les enfants, dont l'âge est plus proche du sien que les nôtres.

*

Je me rends, sans vomir. Tout ce qui intéresse Bourbeillon, c'est l'endroit où je cachais la hache avant de la placer sous le lit de Lisa à l'hôtel Aiglon. Je le lui apprends.

Fin

Paris, 11 août 2023 – 9 janvier 2024

Cet ouvrage a été composé
par Belle Page
et achevé d'imprimer en décembre 2024
par Firmin Didot au Mensnil-sur-l'Estrée (27)
pour le compte des Éditions Stock
21, rue du Montparnasse, 75006 Paris
stock@editions-stock.fr

PAPIER CERTIFIÉ

Stock s'engage pour l'environnement en réduisant l'empreinte carbone de ses livres.
Celle de cet exemplaire est de :
200 g éq. CO_2
Rendez-vous sur
www.editions-stock-durable.fr

Imprimé en France

Dépôt légal : janvier 2025
N° d'édition : 01
N° d'impression : 181806
28-51-9608/8